Princess of the Bibliophile

책벌레 공주

Contents

Princess of
the Bibliophile

8

Presented by
Yui Kikuta/Yui/Satsuki Sheena

Princess of the Bibliophile.

책벌레 공주

8

Presented by Yui Kikuta / Yui / Satsuki Sheena

만화: **Yui Kikuta**   원작: **Yui**
캐릭터 원안: **Satsuki Sheena**

Character

Princess of
the Bibliophile

크리스토퍼

사우즐린드 왕국의 왕태자. 엘리아나의 약혼자로,
사실은 그녀를 무척 사랑한다. 평소에는 총명해서
장래가 촉망되는 왕자.

엘리아나

크리스토퍼 전하의 약혼녀인 후작 영애. 책을
너무 좋아해서 '책벌레 공주'라는 별명으로
불린다.

엘렌

샤론과 함께 온 미제랄 공국의 여
기사. 크리스토퍼에게 은밀히 접
촉하는데—.

마틸다

다우너 자작가의 영애. 조부는 크
리스토퍼와 완전히 반대되는 정
책을 추진 중인 군부의 강경파.

샤론

이웃 나라인 미제랄 공국에서 글
렌의 약혼자로 온 소녀. 뭔가 다른
목적이 있는 것 같은데—?

Story

책을 좋아하는 후작 영애 엘리아나는 왕태자인 크리스토퍼 전하의 이름뿐인 약혼녀로 살아왔으나,
전하의 본심을 알게 되어 마음이 하나가 된다.
앙리에타 왕비가 왕실에 시집올 각오와 측실 문제에 대해 묻자, 자신이 왕비 자리에
어울리는지 고민하는 엘리아나. 심지어 미제랄의 여기사 엘렌이 크리스토퍼 전하에게
미제랄 공국의 공녀, 밀레유의 편지를 전달하는 모습을 목격하고 마는데—?!

제45막

아

엘리아나 님.

죄,

죄송합니…

괜찮아.

우리도
다른 일에
쫓기고
있어서

나중으로
미뤄두고
있었지만,

하지만

그래선

저는
전하에게
보호만 받는
셈이
돼요…

우리의
마와….

크리스 님이,
엘리아나 님이
연관된
일에서

계속
당하기만
할 리
없잖아? ♡

그게
아니지

마와?

신경 쓰지 말고
크리스 님을
마구
아, 찾아가줘-ㅇ
이점은
감사
내가
합니다
가져갈게~

마지막은
왕궁
서고실이에요.

IN 담화실

술
술
술

다른 문화가 전래되어
새로운 문화가 생겨나는 일면도 있지만,
존재를 없애버릴 정도의 가르침은
광기나 다름없죠.
비대해진 제국의 부와 지배가 와해된 건
자연스러운 흐름이었다고 생각합니다.

제국이 주변 국가들을 침략해
전성기에 오른 약 100년간이
알스 대륙의 문명에서는
무엇보다 가혹한 시기였지.
얼마나 많은 미술품이 파괴됐는지….
일신교의 가르침이
무조건 악하다고 생각하지는 않지만,
자신 외에는 전부 배제하는 생각에는
동조할 수 없어.

후후

즐거워 보이는
두 분을
보고 있으니

어쩐지
마음이
놓여…

오라버니와
안나 님
이에요….

루돌프 옹도
제국의
대륙 제패를
흉내 낸 사람 중
하나였죠

응, 각국이 힘을
비축하기
시작한 것도
제국의 지배가 끝난
요인 중 하나지

화기애애

엘리.

지금

제국사 쪽으로
이야기가
새어 나가
버렸어요.

노른국의
토티 동굴 벽화
이야기를
하고 있었는데
말이야.

그런 일 많죠

어머나,
우후후.

안녕
하세요

엘리
안나
님

두 분,
잘 지내
셨나요?

엘리도
수고가
많아.

구(舊) 카이 아크 제국령 내의 분쟁이 계속 확대되고 있어

노른국이 휘말리는 것도 시간문제라고….

그러고 보니

노른국은 최근 몇 년간 위태로운 정세가 이어지고 있다고 들었습니다.

알스 대륙 북동쪽 일대는 예로부터 제국의 지배하에 놓였다 독립했다 하는 등,

그쪽 선대 왕비가 구 제국령 내에서 시집온 분이니까.

정세가 불안정한 땅이기도 하고.

구 제국령 내 분쟁에 휘말리는 일이 없지만.

다행히 사우즐린드는 북방 산맥이 방패가 되어

엘리, 기운이 없구나.

왜 그래?

오라버니.

뚝

괜찮아요.

저기…

전하께 상담하려던 일이거든요.

쓰담 쓰담

……

저도 힘이 될 수 있는 일이 있으면

뭐든 말씀해 주세요,

엘리 아나 님.

두 분의 마음이 따뜻해서

마음이 조금 안정됐어요….

덜컹

오라버니,

안나 님.

감사 합니다.

폐하의 측실 문제가 부상했을 때는

자신이 앙리에타 님보다 떨어지는 건 집안의 힘뿐이라고

이미 결혼한 뒤였는데도

당시 말하고 다녔죠.

다우너 자작과 이혼하겠다…는 소동을 벌였다던가요.

아연실색

사교장에서 왕비님과 묘하게 자주 부딪힘

다우너 자작 부인이

조금 난감한 분이란 건 알고 있었지만…

그런 이유가 있었군요.

4년간 곁에서 목격했습니다 ….

엘리아나 님의 아버님이신 베른슈타인 후작이

군사 예산을 매년 억제하고 있어

그 가문은

군부 관계자들은 반감을 품고 있죠.

엘리아나 님의 평판과 우수함이 알려짐에 따라

自自 킁으

자기 왕비 베른슈타인 파벌

군사파 다우너 백작 파벌

winner

한번은 잠잠해 졌는데…

움 찔

어떻게 하는 것이 좋은지 아시겠습니까 …?

그쪽 파벌과의 균형을 맞추려면

그것은….

…다,

다우너 백작의 손녀인

마틸다 님을 측실로 맞이하면

문제가 해결될 테죠….

제46막

어떻게

그런고로 엘리아나 님,

당신은 어떻게 하시겠습니까?

라는 건
...

역대 국왕에게 측실 문제는 빼놓을 수 없는 것이었습니다.

후계의 유무와 상관없이—….

당신은
전하의 측실을
받아들일 수
있겠습니까?

저는….

앙리에타 님이
말씀하셨을
때부터

쭉 가슴에
남아 있던
마음.

몹시도

흉하고

개인적인
욕심으로
가득한

그들이
왕가를
배신하는
행동을

할 거라는
생각은
들지 않습니다.

즉답
이군요….

전하의
약혼자가
된 뒤에
알게 된
것이지만,

왕궁에서
일하는
많은 시녀와

허드렛일을
하는 일꾼들의
출신은

집안의
기둥을
잃은 여성,

그리고
아이들
이었습니다.

15년 전
「잿빛 악몽」으로
부모나 아이를
잃은 자들과

하지만

안타깝지만,
왕가에
충성을 다하는 사람만
있는 것이
아니라는 사실도

잘 알고
있습니다.

꿈이나
다름없는
바람이라
여겨진다 해도

다른 사람들에게
무슨 말을
들어도,

나라를
이끌려 하는
왕이

백성을
생각하지 않고,
백성을
믿지 않고

대체
어디에
있을까요?

이래서는 봄에 있었던 사건,

실제로 뵌 적도 없는 분의 일로

전하와 다른 여성분이 친밀하게 있는 모습을 보고

혼자 멋대로 판단 해버렸던 때와

이렇게나 쉽게 불안해져요.

달라진 게 전혀 없어요.

하지만 지금은…

그때와 다릅니다.

여름에 약속 했으니까요.

전하의 마음을 의심하지 않겠다고

지금 출발해도 축하연 전에 돌아올 수 있어.

게다가

내가 직접 가는 편이 현장의 사기도 오르겠지.

성야의 축하연은 어떻게 하고?

당장 아즐 지방으로 갈 생각이야?

잠깐, 잠깐만

또 강행군 이라니….

앙앙

투덜대지 말고 준비해.

오토라니

굳이 전하께서 직접 가지 않으셔도….

무슨 소리를…

같은
왕궁 내에
있는데

어째서
이렇게나
엘리를 보기
힘들지?

자칫했다간
얼마
안 가서

글렌에게
연인의 **침실에**
숨어드는 법을
물어볼 뻔했어.

누군가의
음모이거나

뭔가
손을 쓴
걸까—…?

…네?

전하….

누가 들으면
오해할 소리
하지 마!

뭐가
음모라는
겁니까,
애초에 전하가
신년에—….

정말로
낭만이 없는
녀석들
이라니까.

연인의
밀회를
방해하다니,

찍

너희가
그런 식이니까
어린 약혼자를
강요받거나,

겨울에는
추워서
가까이
가고 싶지 않은
남자란 말을
듣는 거야.

평소 행실이
모든 것을
말해준다고
생각하지 않아?

엽

뭐?

저… 저기, 전하….

보는 눈이 있으니….

엘리.

시간을 전혀 내지 못해서 미안.

이렇게까지 바빠질 거라고는 예상 못 했어.

신년 연휴 때까지는

꼭 시간을 만들게.

신년…?

어째서 기한이 정해져 있는 걸까요?

이야기를 나누고 싶었는데…

갈 거면 어서 가자.

겨울에는 해가 금방 떨어지니까.

그래.

같네요….

오늘은

어려울 것

제47막

꾸욱

……

제 의지를
무시하고

아.

엘리.

슥

손이
멋대로…!!

역시

전하는

드레스에
대한 일도
이미 알고
계셨어…

바쁜
전하에게

감사
합니다….

더는 부담을
드리고 싶지
않아요….

…

정리할
틈도 없이

다들
가버리셨
네요….

드디어

전하를
뵈었는데도

뵙기
전보다
훨씬

가슴이
답답해—…

엘리아나 님,

오늘은 이렇게 장소를 마련해주셔서 감사합니다.

어머나.

처소 담당 시녀들이 들떠 있군요.

인기가 많네요...

힐끔

힐끔

'이 나라에 온 건 해충을 퇴치하기 위해서랍니다.'

샤론 님은 분명—...

본제에 들어가기 전에

사교적인 대화를 나눠야...

그렇지.

기뻐하실지도
모르겠네요.

해충 구제에
관한
이야기라면

꽉~

와…
와아…

모…
몰랐어요

이러쿵
저러쿵

그…
그런 건가요?

재재재
잘잘잘

몹시
전문적인
이야기를
하시는데

엘리아나
님.

저…
저기,

얼
화!

혹시
어떤 분이
제 취미가
원예라고
말씀드리기라도
한 건가요?

저,

돌려 말하는 걸 싫어해요.

엘리아나 님.

시간도 없으니

솔직하게 말씀드릴게요.

Princess of the
Bibliophile

Presented by
Yui Kikuta / Yui / Satsuki Sheena

제48막

저기,

모든 것이
원래대로…
라는 게
무슨 뜻이죠?

모르겠는데요…

'유르의
연인'을
아직 읽지
않으셨나요?

아이참!

생긴 대로
둔한
분이군요!

얼마 전에
분명
언질을
드렸잖아요?

?

아니요
….

읽었
습니다…

만
…

아무리
전하가 원해
약혼자가
된 것이라지만,

전
외국 사람들의
눈에는

어느
집안인지도 모를,
갑자기 튀어나온
수상한 사람으로
비칠지도
모르겠네요….

'사우즐린드의
두뇌'란 이름도
일부밖에
모르고….

인기가
있다는 말은
들었습니다만….

사우즐린드
국내에서는
당신도
그럭저럭

출렁

그렇지만
당신으로는

전하의
짐이 될
뿐이에요.

그것이
이야기로서
합당한
모습이니까요.

아그네스 님이
말씀하신

'한번은
잠잠해졌던
다우녀
백작가가

지금 다시
측실 후보를
올린 것 역시,

밀레유 님이
측실이
될 거라는
이야기가

널리 퍼졌기
때문일
거예요

앙리에타
왕비님께서는

측실
이야기를 하신
그날,

마침
미제랄에서
손님이
와 계시니

좋은
기회군요.

라고
말씀하셨죠....

'마침
좋은
기회'

몰랐던 것은
나 하나뿐.

샤론 님의
이야기를
액면 그대로
받아들여선
안 됩니다.

전하가
측실을 들일
의향이
있는지는

전하에게
직접 여쭤보지
않으면

모르는
일이에요.

그렇다
해도

나도
참—…

현실을
보고 있지
않았구나.

측실 문제를
눈앞에 닥친
문제로

전하의
측실 문제가
부상했는데도

난 내가
저지른
실수 쪽에
신경이 쏠려

받아들이지
않았어….

그저
전하의
마음이
기뻐서

곁에
있을 수
있다는 것이
기쁘고,

행복해서.

자만에 빠져버렸던 걸까—?

서로 마음이 통했다는 자신감으로

하지만,

안 돼.

혼자 멋대로 생각해 버리는 건

내 나쁜 버릇이야.

그렇지만

크리스토퍼 전하는

지금도 밀레유 님과

접점을 가지고 계셔.

멈칫

여쭤보고
싶어요.

팟

이런 대처도
혼자서
하지 못하는
약혼자는

그 아이에게
어울리지
않습니다.

一라고
생각
하시면?

장···

아가씨
···.

아버지와
오라버니가

보고 싶어.

집어,

꾸욱

애니에게
이야기하고
싶어.

우리 집에
돌아가고
싶어.

저택 사람들과
별것 아닌 대화를
나누고 싶어.

앗

괜찮으
십니까…?

……

그러시죠.

지금 전 공무를
내팽개쳐도 되는
신분이 아닌데…

오라버니를
뵙고…
올게요.

상담
하려는 게
아니라

그냥
오라버니의
얼굴이
보고 싶어.

이 두서없는
마음도 조금은
진정될 거예요.

그렇게 하면
분명

—앗.

중신들의 집무실 근처를 전부 둘러봤지만, 보이지 않았어요.

오라버…

공무를 보는 건물에도 없었고…

재상님의 보좌니 폐하 가까이에 있을지도….

탁박

탁박

탁방

안나 헤이든 변경백 영애.

성야의 축하연에 제 파트너로

출석해 주실 수 없으신지요.

알프레드 님.

진심 입니다.

마치

출구가 없는
미로에

들어와버린 것
같아요….

엘리아나 양!

얼마 전,
미를르 조개
잉크에 대한 건은
정말 감사합니다.

약학
연구실
여러분….

패각충이
섞이면
그렇게
될 줄이야.

그렇지만
아무리
특수한 특징이
있더라도

실패작이라니,
당치도
않습니다.

저기…
실패작
인가요…?

무색에 가까운
유백색
잉크여서는
쓸 만한 것이
못 되지
않을지….

이번에야말로
제대로
이야기해야
합니다.

그리고,
그것이

끼익

밀레유
님인지
―….

축실을
들일 예정이
있으신지.

엘…

빵야

전하.

성혼식을
연기할 수
없을까요?

제49막 전편

결국은
도망치고
말았어요.

아니,
다시
생각해보면

야회 때도
전무의식적으로
도망쳤던 거예요.

앙리에타 님의
말대로

나는

전하의
곁에 설
각오 같은 건
되어 있지
않았어.

하지만
간단히는
내던질 수
없는걸.

전하의 곁에
있는 것조차

어느
틈엔가

이 지위가
마치

가시넝쿨이
얽매고
있는 것
같아.

자신이
없어져버렸어.

움직이지
못해서

괴로워.

나에게서
전하를
빼앗지
말아줘.

사실은
정말 싫어요.

내게
보여주는 것과
같은 미소를
보여주지
말았으면
좋겠어.

전하가
다른 여성과
친밀하게
대화하는 것도.

날 부르는
목소리로
다른 여자를
부르지
말았으면
좋겠어.

엘리아나.

…아.

엘리,

제대로
이야기하자.

화가…
나셨어.

그런 말을
해버린걸요….

'성혼식을
연기할 수
없을까요?'

당연해요….

…웃.

크리스토퍼 전하.

어떠신 지요?

조금 진정하는 것이

그대와는 상관없는 일이다.

물러나도록.

122

이리 와,
엘리.

~~으읏.

크리스토퍼
전하….

엘리아나
님은

지금
혼란스러워
하고 있는 것
같습니다.

제49막 후편

제가
갑자기
집으로
돌아와서

저택
식구들도
놀란 듯
했지만,

자세히
묻지 않고
친절히
맞이해
주었습니다.

그렇게나

전하의 곁에
있고 싶다고
결심했으면서

도망쳐버린
나.

쫓아와…

주셨는데
……

전 대체

무엇이
하고 싶은
걸까요….

후
우

엘리아나 님!

!

공무가 있으니까요

전혀…

마음이 정리되지 않았는데

그대로 등성해 버렸어요.

전해 들었는데요.

저기… 서고실에 있으니, 거기로 와달라고 하셨단 말을

어째서 이쪽에 계신 건가요?

처소 전속 시녀

……

전 그런말 하지 않았는데요?

…네?

사라

엘리아나 님의 처소에서 대기하고 있었는데

사라가 와서 말을 전했어요.

이상하네요...

아가씨.

바로 처소로 가시죠.

그래야 겠어.

떨 커 덩

!

이제 그만하세요.

성야의
축하연은
벌써
4일 앞으로
다가왔어!

움찔

드레스
제작이
늦어지면

할아버지께
전부
말씀드릴 줄
알아.

一옥.

이 방에는
없습니다.

엘리아나
님의
드레스는

왕비님께서
친히
엄중하게
관리하고
계세요.

그럼 달리
도움이
될 만한 걸
찾으라고!

너를
거둬준 건

우리
다우너
가문이야.

우리 원조가
없으면
가족도 부양할 수
없었을 테고,

왕궁에서
일하는 시녀도
되지 못했을걸?

쫓겨난
아즐 지방
사람인

너
같은 건.

속

마틸다 님.

어머나!
엘리아나 님.

친가로
돌아가셨던 게
아닌가요?

에,
엘리아나
님….

!

무단으로
침입해놓고
굉장한
말투입니다요

존재감이 없어
알아차리지
못했네요.

강에 걸려 있던
다리들이
수없이
떠내려가게
되었습니다.

아즐 지방을
흐르는
테센 강이
범람,

예년에 없던
호우가
이어져

15년 전.

북방 산맥

아즐 지방

그런 와중,
'잿빛 악몽'이
맹위를 떨치기
시작했고,

아즐 지방을 포함한
북동쪽 지방부터
퍼져나가
순식간에 온 나라를
장악하는

역병이 되어
덮쳐 왔습니다.

가교만
겨우 세워두는
최소한의 대응밖에
하지 못했습니다.

다른 영지와의
교류를
다리에만
의존하고 있던
아즐 지방은

모두가
역병의 대응에
내쫓겼고,

그리고
코르바
마을에

어떡
하지?

우리…

마을의
유일한 통로인
다리가
떠내려갔어.

이 마을에
갇힌
거야…?

비극이
발생했죠.

도움을
요청하러
가지도
못하고

남자들이
외지로
돈을 벌러
나간 사이에
이런 일이
생기다니….

갑자기
육지의
외딴 섬으로
변해버렸죠.

결국,

구호의 손길이
미친 것은
겨울이 끝날
무렵으로

갇혀버린
마을 사람들의
생존을
믿는 사람은
없었습니다.

역병도
돌고
있는데…

이를
어쩌지
…?

마을에
아내와
아이들이
있었어…

….

나도야.

지금
돌아가봤자

누구 하나
살아 있지…

하지만

사람들은
그것을 보고

마을 사람들은
서로를
도와가며

어떻게든
피해를
최소한으로
억제해
냈습니다.

'기적'이라고
말했죠.

어이!

저길 봐!

여예요—

맹위를
떨쳐감에
따라―…

'잿빛 악몽'이
전혀 잦아들
낌새를
보이지 않고

그러나,

이 병,
코르바 마을에서
발생한 거
아냐…?

어째서
코르바 마을
주민들만?

분명
저주받은 걸
거야.

근거 없는
소문은

아즐 지방과…
코르바 마을을
덮쳤습니다.

언젠가부터
증오의
칼날이 되어

제50막

사라가 아즐 지방의 코르바 마을 출신자라는 사실은

무슨 소리를….

저도 왕비님도 알고 있는 사실입니다.

어째서?

당시의 상황을 들어 알고 있었기에

미를르 조개도 가져오게 한 거였으니까요.

사라가 만약

전하는 오직 저 한 사람 때문에 국가의 위신을 건 정책을

뒤집는 일 따윈

결코 하지 않으십니다.

백성 없이는 나라도 왕도 성립되지 않습니다.

사라, 당신도요.

백성은 나라의 보물이에요.

전하의
측실
후보로

절대
인정할 수
없습니다!

…앗.

너무해….

실례…。

내 방문을
알리려
했는데

소란이
들려서
말이지.

크리스토퍼
전하…!

꺄
악

엘리아나 님이
시녀를 이용해
제 드레스에….

아야앗!

그렇게나 내가 진실도 파악하지 못하는

얼빠진 남자로 보이는 걸까?

조용...

하지만 슬슬

후진에 자리를 양보할 시기가 온 것 같군.

네!

마틸다 다우너 자작 영애,

당신의 조부가 분명 군부의 중진이었지.

할아버지께서는 훌륭하신….

Special Thanks!

아시라바 씨 ✿

유이 선생님
시이나 사츠키 선생님

담당자 님

늘 읽어주시는 여러분 ♡

다음 권에는
꿈냥공냥
장면도 있어요!

키쿠타 유이

책벌레 공주 8

2023년 12월 25일 제1판 제1쇄 인쇄
2023년 12월 30일 제1판 제1쇄 발행

만화 / 키쿠타 유이
원작 / 유이
캐릭터 디자인 / 시이나 사츠키
번역 / 유유리

발행인 / 오태엽
편집팀장 / 이수춘
편집담당 / 이혜리
라이츠담당 / 이은선, 조은지, 정선주, 신주은
출판·영업담당 / 김정훈, 이강희
제작담당 / 박석주

발행처 / (주)서울미디어코믹스
등록일 / 2018년 3월 12일
등록번호 / 제 2018-000021
주소 / 서울시 용산구 한강대로 43길 5
인쇄처 / 코리아피앤피

● 인지는 작가와의 협의하에 생략합니다.
● 잘못된 책은 구입하신 곳에서 교환해드립니다.
문의/(02)791-0752

ISBN 979-11-367-7801-7
ISBN 979-11-367-3557-7(세트)